رواية

سيدة الرسائل

د. جُنان الرحماني

إهداء..

إهداء إلى كارا

إهداء إلى أدريان

إهداء إلى الشخصيات الواقعية في عالم الخيال

وإلى الشخصيات الخيالية في عالمنا الواقعي

وإلى كل الحكايات التي فيها تداخل بين

العالمين

وإلى عشاق ذلك المزيج

جمان الريحاني

شراء بيت

رسائل من امرأة أمريكية إلى رجل أوروبي،

اشترت أختان كلاريسا وليبي بيتا جميلا على الشاطئ،
وعندما دخلتا إلى البيت عثرتا على صندوق..

فتحت كلاريسا الصندوق.. فوجدت فيه الكثير من
الرسائل، على الرسائل عنوان المرسل إليه وعنوان
المرسل..

إنها امرأة تراسل رجلا، كل الرسائل هي من طرف المرأة إلى الرجل..

وجدت كلاريسا بعض الصور لأمراه جميلة، تقف على الشاطئ وهي تلبس مايوه أحمر اللون من قطعتين، وتضع على رأسها قبعة من ورق الكارلويوفيكا.

فقالت لأختها ليبي:

انظري.. يبدو أن هذه صورة صاحبة الرسائل..

ليبي:

واو.. إنها جميلة

كلاريسا:

ولكن الصورة تبدو قديمة..

ليبي:

أنظري للتاريخ على الرسائل لكي تعرفي التاريخ

كلاريسا:

هل يجوز لنا التطفل؟

ليبي:

لما تقولين التطفل؟ البيت لنا وكل ما فيه هل نسيت ما قاله لنا البائع؟

كلاريسا:

آه.. نعم.

نظرت في الرسائل، ثم قالت:

يا للعجب، الرسائل من سنة 1899

ليبي:

حقا؟

كلاريسا:

أجل؟

ليبي:

هل أنت متأكدة؟

لا يعقل ذلك، انظري جيدا، ربما هناك خطأ اقرئي رسالة أخرى

كلاريسا:

لقد وجدت على أكثر من رسالة نفس التاريخ

ليبي:

إنها قصة قديمة إذن..

كلاريسا:

أجل.. إنها كذلك..

ليبي:

لا عجب في ذلك، لأن هذا البيت قديم جدا..

كلاريسا:

على ما يبدو، لديه قصة مثيرة أيضا

العودة إلى زمن الرسائل

لم يكن أمام كلاريسا وليبي الكثير من العمل،
لأنهما جاءتا لكي تستمتعا بالوقت والشمس والشاطئ،
بعد أن ابتاعا البيت الذي كان معروضا للبيع، وكان
فرصة مناسبة، وخاصة أن ليبي أرادت مكانا لكي
تتابع عملها منه،

لم تكن ليبي تحب العمل في المكاتب، ولكنها قررت أن
تضع مكتبا لها في إحدى الغرف المواجهة للبحر.

عمل ليبي هو كتابة المقالات في مجلة علمية، ولم يكن مشروطا أن تعمل في مكان معين، لأن المجلة على الانترنت، ويمكنها أن ترسل المقالات التي كلفت بكتابها عبر البريد الالكتروني.

بينما كلاريسا كانت قد نالت تسريحا من مصحة،
أي أنهم قد سمحوا لها بالخروج مؤخرا، لأنها كانت
تعاني من الكثير من الأحلام الغريبة، والتي تأخذها
إلى عوالم مختلفة..

لقد عانت من تلك الأحلام لفترة طويلة، مما جعلها
تدخل إلى مصحة بملء إرادتها، وعندما تحسنت
حالتها وأصبحت متماسكة، ولم تعد تراودها كل تلك
الأحلام تمّ تسريحها.

لقد كان البيت على الشاطئ، هو المكان الأمثل لكي تعيش كلاريسا هناك.. بعيدا عن الضوضاء والمدينة، وأيضا بعيدا عن كل الحياة التي كانت تعيشها سابقا.

لقد كانت نصيحة الطبيب أن تستمع بالطبيعة، وأن لا تشاهد التلفاز كثيرا، وأيضا أن تبتعد عن الروايات..

لقد كانت قراءة الروايات، تجعلها تعاني من ارتباك، ودمج غير محمود للواقع مع الخيال تقريبا.

أرادت ليبي أن تتخلص من الصندوق والرسائل، ولكن على ما يبدو أن كلاريسا قد تعلقت بها، وأرادت أن تحتفظ بها بشدة لكي تقرأها.

كلاريسا:

لا.. لا يمكنك أن تتخلصي منهم..

ليبي:

ولما لا؟

كلاريسا:

أنا أريد أن أحتفظ بهم..

ليبي:

أوه.. يا ليبي.. ولما عساك تفعلين ذلك؟

كلاريسا:

أريدهم.. أريد أن أقرأهم.. أريد أن أتأملهم، أعتقد بأن
فيهم حكاية، ووراءهم لغز..

ليبي:

ها قد عدنا إلى ما كنا عليه..

كلاريسا:

لا تقولي هذا الكلام رجاء..

ليبي:

حسنا.. يمكنك أن تحتفظي بهم

كلاريسا:

شكرا لك..

ليبي:

أنت حرة.. افعلي ما تشائين..

لم تمتثل كلاريسا لكلام الطبيب، ووجدت في عزلتها شيئا تتعلق به، والمشكلة التي لديها، أنها كانت لتخف بابتعادها عن كل تلك الأمور التي تجعل الخيال لديها يعمل بصورة تؤذيها.

ولكنها قد وجدت قصة من الحقيقة، وترتبط بأمور من الخيال مثل الحب والرومانسية، والأمور التي تجعل الإنسان يفكر في الممكنات والمستحيلات وكل ما إلى ذلك..

احتفظت كلاريسا بذلك الصندوق، وتعلقت به فعلا وأصبح كل هوسها أن تقوم بقراءة الرسائل، ومعرفة كل الأحداث وما حدث مع ذلك الثنائي، وإلى أين وصلت قصتهما، وكيف كان اللقاء، وأن تصل إلى النهاية السعيدة.

لقد كانت فتاة حالمة، وكانت تتعلق هكذا بكل كتاب يوضع بين يديها، وبما أنها قررت الابتعاد عن الكتب، فقد تهيأ لها بأن تلك الرسائل سوف تشبع تلك الحالة التي لديها، وأنها سوف تجد عالمها بين تلك الأوراق.

لم تستطع ليبي والتي قدمت معها لكي تساعدها على الاستجمام أن تردع طموح كلاريسا الذي باغتها بوجود تلك الرسائل التي تحمل قصة مثيرة ومشوقة، وخاصة أنها تتعلق بالمكان الذي تقيمان فيه.

فكرت ليبي أن تكتب قصة عن تلك الرسائل في إحدى مقالاتها، ولكن عندما رأت مدى تعلق كلاريسا بصندوق الرسائل، قررت أن تدع لها الأمر، وأن تكتفي هي بالتمتع بالشمس والشاطئ، وسوف تجد مواضيع تصلح للكتابة.

أما بالنسبة لكلاريسا فقد كان كل شوقها أن تكتشف باقي القصة، التي تحملها كل تلك الرسائل.

اعتكفت كلاريسا على نفسها، وكانت أول المهمات التي أمامها هي أن تجمع رسائل المرأة لوحدها، وأن تجعل رسائل الرجل لوحدها.

وبعد هذا التصنيف، قررت أن ترتب الرسائل حسب التواريخ المرسلة فيها، أو التي كتبت فيها من أجل أن تصبح القصة والأحداث وفق الترتيب الزمني الحقيقي والخاص بها.

وبعد تلك المهمة، التي استغرقت وقتا طويلا، طلبت منها أختها أن تخرجا للشاطئ، وأن تعدا بعض الطعام، ولكن كلاريسا قالت:

لا أستطيع لدي عمل كثير، أريد أن أكتشف الأحداث التالية ..

ليبي:

اسمعي يا كلاريسا.. لا تعودي إلى تلك الحالة التي أتينا إلى هنا لكي تتخلصي منها، وأن لم تقومي

بالتصرفات التي تقوم بها كل الناس فإنني سوف

أتصرف تصرفا آخر

كلاريسا:

ماذا تقصدين؟

ليبي:

أنت تعلمين ما هو قصدي..

كلاريسا:

لا.. لا أعرف أخبريني..

غضبت ليبي كثيرا، ثم قالت:

سوف أرجع إلى المدينة، ولن اتصل بك ثانية..

أنت لا تتحكمين في نفسك

أظن أنه من الأفضل...

كلاريسا:

من الأفضل ماذا؟

ليبي:

أن ترجعي إلى المدينة، وتعاودي جلساتك عند الطبيب أو ربما تعودين إلى المصحة...

لا أعرف ما قد يناسبك أكثر، فأنت تبحثين عن نفس المرض بين أوراق، لا تعلمين لمن هي..

كلاريسا:

أنا أفهمك.. ولا تقولي هذا الكلام، أنا فقط أريد أن أعرف ما حصل فيما بعد..

ليبي:

إنه نفس السبب، ونفس الهدف في كل مرة أنت تتبعين شغفا يتحكم فيك..

كلاريسا:

لقد طلبت من المجيء إلى هنا معي، لكي تساعديني
على تجاوز هذه المشكلة.

ليبي:

أعرف ذلك ولكنك لا تمتثلين لأوامر الطبيب، ولا
تنفذين طلباتي، وأصبحت تعتكفين على الرسائل، إنها
نفس الحالة

كلاريسا:

وما المطلوب؟

ليبي:

ليس المطلوب، إنها ليست أوامر، بل هو رجاء..

أنا أرجوك أن تشاركيني جمال الطبيعة، ويمكنك أن
تقرئي عندما يكون لدي عمل، وأن نخرج ونتمتع
بالشمس والجو والشاطئ، وأن نسبح، وأن نطبخ معا،

وأن نمرح، وأن نجعل للعمل أو القراءة وقتا خاصا بها.

لقد كان الكلام الذي تقوله ليبي لكلاريسا يبدو منطقيا، ولكنه لم يكن سهلا على كلاريسا، بل كان صعبا جدا أن تتحكم في نفسها، وأن تعيش كشخص طبيعي لأنها كانت تفكر في تلك الرسائل كل الوقت..

لقد تعودت كلاريسا أن تقرا حتى وهي جالسة على الشاطئ، وقبل النوم، وحين الانتظار في أي مكان، وفي المواصلات القطار أو الحافلة أو الطائرة..

لقد كانت تتعامل مع القراءة على أنها أمر مهم في حياتها، حتى أنها كانت تقرأ وهي تتناول الطعام.

هكذا وضعت ليبي جدولا لهما، ووضعت مواعيدا معينة، وأخبرت كلاريسا بأنه يجب عليها أن تحترم المواعيد والجدول الذي قامت بتعليقه على الثلاجة، فوضعت التوقيت الخاص بإعداد الوجبات، ومواعيد تناول الطعام.

ومواعيدا للخروج والنزعة والسباحة، وحتى تبادل أطراف الحديث..

ووضعت مواعيدا للقراءة والعمل، وكذا موعد الخلود للنوم والاستيقاظ.

وكان على كلاريسا احترام تلك المواعيد، فقد هددتها ليبي بأنها سوف تغادر المكان إن هي لم تحترم هذه الخطة هذه المرة.

وافقت كلاريسا على كل ما قالته لها ليبي، وعلى كل طلباتها رغم أن الأمر لم يكن سهلا بالنسبة لها، وقد كان بالفعل الأمر في غاية الصعوبة عليها.

لم يكن ينال إعجاب كلاريسا الأمر ولكنها كانت مصرة على التشافي، ولم تكن تريد لليبي أن تتركها بمفردها.

الأمر الذي كان أجل شيء في كل تلك النشاطات، كانت القراءة والوقت المخصص لها.

وواصلت كلاريسا القراء لتكتشف ما جرى تاليا..

عندما قامت كلاريسا بترتيب الرسائل اكتشفت بأن أول رسالة كانت قد أرسلت بالخطأ، لأنها كانت موجهة إلى

رجل ليس نفسه الذي يرد على الرسائل، فكان مكتوب عليها ما يلي:

عزيزي دان..

أنت تعلم بأنه قد مضت سنوات عديدة، ولكن اليوم.. فقط أنا ربما قد استطعت أن اتخذ قراري..

لقد كنت قد فاتحتني في أمر الزواج عندما افترقنا..

ولكن ترددي جعلنا ننفصل..

اليوم فقط، وبعد مرور كل هذه السنوات، أشعر بأنني منفتحة على العلاقة، وأريد دان.. يكون في حياتي رجل..

وليس أي رجل، بل رجل لي..

أريد حبيبا.. وزوجا..

أريد أن أشارك حياتي معي رجل..

أنا مستعدة للحب والارتباط..

أنا اليوم منفتحة المشاعر..

فهل أنت معي؟

هل أنت بلا امرأة؟

هل تريد أن نوحّد قلبينا؟

هل تريد أن نخوض التجربة معا؟

رجاء.. إذا كان لديك جواب إيجابي، فأنا في الانتظار على أحرّ من الجمر

وإن لم يكن لديك ما أريد سماعه، فأنا أفضل أن لا ترسل لي ردا..

الوفية والمخلصة

كارا

رسائل من امرأة مجهولة

تلقى رجل كان يعيش في ذلك العنوان الذي على رسالة السيدة كارا، ولكنه لم يكن دان..

لقد كانت رسالة من امرأة مجهولة، لا يعرفها هو ولا هي تعرفه، بل كانت تراسل شخصا آخر، ربما صاحب البيت الذي قبله.

تردد ذلك الرجل المدعو أدريان كثيرا قبل أن يفتح الظرف، بل وفكر في أن يعيده إلى نفس العنوان، وربما يرفقه برسالة منه.

لقد كان الأمر صعبا عليه، فقد كانت تراوده الشكوك حول ما تحمله الرسالة، فربّما هي تحمل أخبارا مهمة أو خطيرة..

بعد طول تفكير.. قرر أن يفتح الظرف وأن يقرأ الرسالة لكي يشبع فضوله.

لم تكن في الرسالة أخبار خطيرة، ولكنها بالفعل كانت مهمة، فالمشاعر قد تجرح عن طريق الخطأ أحيانا.

بقي أدريان ينظر إلى تلك الرسالة الموضوعة على مكتبه، وأحيانا على المنضدة بجانب السرير وهو ينظر إليها ويتأملها، ويقرأ حروفها، ويعيد القراءة مرة بعد مرة، وقد كان يفكر فيما سيفعله لاحقا.

وفي الأخير قرر أن يرد إليها رسائلها على العنوان المكتوب على الرسالة..

وأخيرا.. وبعد مرور أسبوعين، قرر أدريان أن يرد على تلك السيدة، وأن يخبرها بأنه ليس الشخص الذي هي وجهت إليه رسالتها، لأنه لا يعرفها.

فكتب لها كل ما كان يعرفه من معلومات، بالإضافة إلى بعض الكلام، الذي أراد وبشدة أن يكتبه لها.

وقد أرفق رسالته إليها برسالتها التي بدت قديمة جدا، لأنه كان يقرأها مرارا وتكرارا لسبب ما، ربما لأنه قد شدته الكلمات التي كتبتها فيها أو ربما لأنه شعر بشي ما.

الرد على أول رسالة

السيدة المحترمة كارا

مرحبا أنت لا تعرفينني

أنا السيد أدريان أندرسون..

وقد اشتريت هذا البيت منذ أكثر من سنتين، وقد اشتريته من سيدة وأظن أنها كانت أرملة السيد دان على ما أعتقد، لأنها ذكرت اسمه في حديث دار بيننا..

أنت لا تعلمين بأنه قد مات في حادث سيارة، وقد ترك البيت لزوجته التي كانت حاملا، وقد أنجبت طفلا بعد وفاة زوجها.

أنا آسف لأنني أنا من أحمل لك هذا الأخبار

ولكن لم استطع أن أمتنع عن الرد

لكي لا تصابي بخيبة أمل أو تعتقدين بان السيد دان يرفض الأمر الذي عرضته عليه، فتشعرين بالسوء..

أنا آسف حقا، وأعتذر منك..

ملاحظة:

السيدة كارا

أريد أن أخبرك أمرا إضافيا

وأنا أعتذر إن لم ينل كلامي إعجابك

أنا اسمي أدريان أندرسون، وعمري أربعون سنة، وأنا أعزب وقد شعرت بالصدق في كلماتك وسوف أرفق رسالتي هذه بصورة لي..

فان لم يكن لديك مانع هل يمكننا أن نراسل بعضنا،

فربما يكون القدر هو من جمعنا..

لنتعرف فأنا لا امرأة في حياتي، وأنت لا رجل في حياتك،

تقبلي مني خالص التحيات..

أدريان أندرسون

لقد فهمت كلاريسا بأن تلك السيدة قد أرسلت رسالة إلى حبيبها السابق، ولكنه للأسف لم يكن موجودا في ذلك العنوان، بل لم يكن موجودا في الحياة ككل..

وقد قرر ذلك الرجل الذي كان يسكن في نفس العنوان بعد أن استلم الرسالة وقرأها وتأثر بما فيها أن يرد عليها، وأن يخبرها الحقيقة وراء موت حبيبها، وأنه هو من أصبح يقطن بهذا المكان

لم يكن الرجل قد حدد لها اسم الرجل بالكامل، بل فقط أن اسمه الأول هو دان.

وقد كانت تلك أولى الرسائل بينهما.

بعد أن تلقت السيدة كارا تلك الرسالة التي حملت لها الكثير،

حملت لها تلك الرسالة خبر وفاة حبيبها..

وأيضا خبر أنه لم يعد هناك أمل في علاقتها به فهو أيضا لم ينتظرها، بل عاش حياته وتزوج، وكان ينتظر مولودا..

كما أن تلك الرسالة التي فرحت بها، أول ما استلمتها التي ظنت بأن دان موافق على إحياء علاقتهما من جديد، لأنه طلبت منه أن لا يرد في حالة ما إذا لم يكن قادرا على التجاوب معها.

ولكن لم تكن الرسالة كما توقعت، فهي لم تكن من دان حتى

لقد حملت لها رجلا جديدا وحبا جديدا وأملا في الحياة من جديد، فقد كان الرجل منفتح على العلاقات وعلى فكرة الارتباط وإلا لما كان كتب ما كتبه على تلك الرسالة المفعمة بالأمل والمليئة بالاحترام، وربما تحمل الحب أيضا.

لقد كانت تلك البداية.. لكل تلك الرسائل التي وجدتها كلاريسا وليبي في ذلك الصندوق، وهكذا بدت قصة الرسائل وتبادلها لمدة سنوات، ربما حتى حدث شيء ما في الأخير.

تبادل الرسائل

وهكذا وبعد أن فكرت السيدة كارا في تلك الكلمات التي كتبها لها السيد أدريان كثيرا، وقد شعرت بالامتنان لأنه لم يتركها للزمن، أن تتلقى صدمة بأن لا تتلقى رسالة من حبيبها السابق، فتفهم بأنه قد رفضها.

في بداية الأمر كانت تفكر فقط في أن ترسل إليه رسالة شكر، ولكن لم تكن تستطيع أن تتجاوز مسألة

أنه يريد أن يتراسلا، لذا فكان من الصواب أن ترد على هذا الموضوع أيضا، وهكذا قررت أن تفكر في الأمر أولا، وترد فيما بعد.

بما أن حبيبها لم يعد موجودا، وهو في الحقيقة لم يكن ميتا فقد تزوج، إذن.. فهو.. فهو لم يكن متوفرا، وبما أنها كانت تبحث عن رجل وحب، فقد قالت في نفسها:

لما لا عطي نفسي فرصة؟

فهو يبدو رجلا محترما، وإلا لما كان ليرد على رسالتي فقط من أجل أن يريح بالي.

يجب أن تستمر الحياة..

أنا أفكر في أن أعطي نفسي فرصة حقا..

ولما لا؟

سوف أكتب له..

كتبت السيدة كارا أوّل رسالة موجهة إلى السيدة أدريان، وكتبت فيها ما يلي:

السيد المحترم أدريان:

لقد كتبت لك هذه الرسالة لغرضين..

أولهما:

أريد أن أتقدم إلى حضرتك بالشكر الجزيل، لأنك قد قمت بالرد على رسالتي..

شكرا لك لأنك جنبتني الكثير من الشكوك والظنون..

شكرا لك لأنك شخص يستحق الاحترام..

أنا أحترمك..

والغرض الثاني هو:

سيد أدريان.. لقد فكرت في عرضك كثيرا لذا تأخرت في الجواب على رسالتك لمدة شهر بالكامل..

لأنني كنت حزينة على الرجل الذي مات، وثانيا لأنني كنت أتشافى من الحزن، وأفكر في عرضك..

لقد فكرت وأنا لا أعتقد بأن هناك مشكلة، فكما قلت أنت أنا امرأة بلا رجل، وأنت رجل بدون امرأة، فلما لا نجرب

ورغم بعد المسافة إلا أن التجربة ربما تكون مثمرة لعل قولك صائب..

ربما فعلا جمعنا القدر..

هيا لنخض التجربة، ولنرى ما قد يحدث تاليا..

ملاحظة:

لقد أرفقت لك مع هذه الرسالة صورة لي، لكي تتعرف
عن شكلي..

سوف أنتظر رسالة منك.

كارا

وهكذا بدأت السيدة كارا تتعرف على السيد
أدريان وتراسله، وهو يرد عليها برسائل في وقت
قصير، لم يكن أدريان يحب أن يتأخر في الرد على
تلك السيدة، التي يبدو أنه قد تعلق بها.

وقد تفاجأ لشدة جمالها، وأصبح يقول في نفسه:

لو لم تتردد هي لكانت قد تزوجت بذلك الرجل، لقد
كان ترددها في الارتباط من حظي أنا.

يبدو أنه كان يبحث عن امرأة فقد كان يعيش بمفرده، ومنذ عدة سنوات، ولم يعتقد للحظة بأنه قد يجد امرأة تعرف كيف تعبر عن مشاعرها وبصدق، امرأة صادقة.

امرأة تبحث عن رجل بجد..

امرأة تبحث عن سند..

امرأة تبحث عن قلب..

امرأة لا تهمها الماديات وليست أنانية، وليست استغلالية

امرأة كان يلقبها بالشريفة.

تجانس الاثنان وتأقلما مع يعضهما، وقد كان كل طرف منها يشعر بالرضا مع الطرف الثاني، ويشعر بالرضا عن العلاقة التي تربطهما.

ورغم بعد المسافة إلا أنهما قد تمكنا من التعرف على بعضهما بواسطة الكتابة والرسائل، وقد كانا صريحان ومنفتحان.

لقد كانت بينهما قواسم مشتركة، فكلاهما أعزب وكلاهما ليسا صغيرا في العمر، وكلاهما قد مرّا

بتجارب كثيرة قد أوصلتهما إلى هنا، وأوصلتهما إلى بعضهما.

وقد كان كل منهما في رحلة بحث عن الطرف الآخر، حتى وإن لم يكن بطريقة مباشرة، وحتى لو كان هو يجهل ذلك.

وهناك أمور أخرى جمعتهما، فقد كانا يحبان الغروب، وكلاهما يعيش على الشاطئ.

كان كلاهما يحب البحر والسماء، والقمر والنجوم، والنار على الشاطئ، والسباحة.

كلاهما كانا هادئان، ولهما طباع هادئة، ويحبان العزلة والهدوء.

كلاهما كانا مترددان في الارتباط حتى التقيا، ولو كان لقاءهما على الورق، ولكنهما كانا ممتنان لأن القدر قد جمعهما.

العثور على الحب

بمرور الوقت..، ومدة أسبوعان كانت هي المدة لوصول رسالة، والرد كان بعد أسبوعين آخرين، وهكذا كان يتلقى كل منهما رسالتين في الشهر، ويرد برسالتين.

مرت الأشهر وتعرف الاثنان على بعضهما أكثر فأكثر ولم تعد تجمعهما إلا الرسائل، بل أصبحت تجمعهما مشاعر تطورت من الإعجاب إلى الألفة والتعود حتى وصلت المشاعر إلى الحب

لقد شعر الاثنان بأنهما قد وقعا في حب بعضهما.

مرّ الكثير من الزمن، مرت سنتان وقد وقع أدريان في حب كارا، وقرر أن يصارحها بذلك.

فكر في أن يتقدم بخطوة جديدة، بل وأراد أن يتقابلا، وربما أن يكللا علاقتهما بالزواج

لقد فكر كثيرا في أن يشتري لها خاتما، وأن يطلب منها موعدا للقاء، وأن يأخذ ذلك الخاتم معه، لكي يتقدم إليها بطلب يدها، ويطلب منها الزواج لكي يعيش حبهما ولا يفترقان يوما بل أن يحبا بعضهما إلى الأبد.

كانت كلاريسا متشوقة كثيرا لكي تعرف كيف
ستتطور العلاقة بين أدريان وكارا، وأيضا كيف
ستتطور الأمور والى أين ستصل؟

لقد كانت تقرأ الرسائل وتمتلئ بالشحنات الايجابية
وتتوجه إلى أختها ليبي لكي تحكي لها تلك التفاصيل.

لم تكن ليبي تشاركها القراءة، بل كان تستمع لما تقصه
عليها كلاريسا التي كانت هي مدمنة قراءة، ولكن ليبي
كانت معجبة بما يحدث مع أختها لأنها كانت ترى كم

هي سعيدة، وكيف أن تلك الرسائل، وقصة أدريان وكارا، قد جلبت لها السعادة.

فقالت لها ليبي:

يبدو أن الرسائل جعلتك تشعرين بالسعادة..

كلاريسا:

لقد أخبرتك بأن الأمور سوف تسير على ما يرام

ليبي:

لكي أكون معك صريحة لقد كنت متخوفة كثيرا مما سيحصل فانا لا أريد أن تنتكس حالتك من جديد، وقد جئنا إلى هنا هربا من القصص والخيال، لنجد قصة من عالم الخيال في انتظارنا.

كلاريسا:

أجل.. أعلم كل ذلك، ولكن الأمور قد سارت على ما يرام

ليبي:

هل تعتقدين بأن الرسائل ما زالت تحمل أمورا ايجابية؟

أنا لا استطيع أن أتخيل النهاية فقط، ربما اجتمعا

وتزوجا وعاشا بسعادة ككل القصص..

كلاريسا:

لا أحد يستطيع أن يجزم ما قد يحدث، ولكني معجبة

بما حدث لحد الآن

ليبي:

أوافقك الرأي

كلاريسا:

هل تعلمين أمرا؟

ليبي:

وما هو؟

كلاريسا:

لا أعرف إن كان يمكنني أن أعثر على رجل مثل أدريان

ليبي:

كيف مثل أدريان؟

كلاريسا:

رجل يحب امرأة دون يراها فعلا، يحبها على الورق وينمو حبهما إلى درجة أن يقرر أن يتقدم لطلب يدها، والارتباط بها دون تردد..

ليبي:

أنا أيضا احترمه وقد أعجبت بحبهما، ولكننا لا نعرف ما قد تكون عليه النهاية، فالحياة فيها الكثير، وقد تحدث أمورا غير متوقعة

كلاريسا:

وقد تسير الأمور على ما يرام، وبشرط طبيعي، ونرى بأنهما قد وجدا السعادة معا.

ليبي:

لقد وجدا السعادة بالفعل، هو اللقاء فقط الذي لم يحدث بالفعل

كلاريسا:

أجل.. معك حق يا أختي..

ولكنني أتمنى أن لا تصادفني أية معيقات في الأحداث على الرسائل

ليبي:

هل تقبلين مني نصيحة؟

كلاريسا:

طبعا يا أختي..

ليبي:

لا تتحمسي كثيرا، وتقبلي الأمور كما هي.

فهذه التي بين يديك ليس رواية خيالة، وما حدث فيها قد حدث بالفعل ومع أناس حقيقيين، ولكنه قد حدث في الماضي

يجب أن تتقلب كل ما قد يحدث في الرسائل التالية، وأن لا تتحمسي أكثر من اللزوم ولا تفرحي كثيرا ولا تحزني إن لم تجري الأمور كما ترغبين..

يجب أن تعرفي بأنك مجرد قارئ ولن تستطيعي أن تغيري ما حدث في السابق..

كوني حيادية بل مجرد قارئة وبدن أن تتعلقي بالشخصيات، وأيضا لكي لا تتأزم حالتك أو تنتكسي..

فأنا أعرف بأنك سريعة التأثر..

كلاريسا:

حسنا.. بأمرك يا أختي

سوف أفعل ما تطلبين

ليبي:

لست أطلب ولا أوجه أوامر بل أنصحك لصالحك

كلاريسا:

شكرا لك وسوف فكر في كلامك وأحاول أن أحققه

لقد كانت ليبي خائفة كثيرا من أن تنتكس حالة كلاريسا
في أي وقت، وخاصة بأنها لا تمتثل لأوامر الطبيب،
وليست في استجمام وراحة مثلما كانوا يعتقدون، بل
إنها تقريبا رجعت إلى عادتها الأولى..

ولكن الأمر الوحيد الذي كان يطمئن بعض الشيء هو
أنها تمتثل لأوامر أختها ليبي، وتحقق لها ما تطلبه منها
لكي تنظم الوقت، ولا تنسى نفسها في عالم الخيال،
الذي كانت ترسمه لها تلك الرسائل.

خيبة الأمل

كان أدريان يرى بأن الوقت قد مرّ، ومرّ الكثير من الوقت، وحانت الآن اللحظة التي يجب أن يتقدم فيها

يجب أن تصبح العلاقة رسمية فكلاهما يحب الآخر، ولا يوجد مانع يمنع من اجتماعهما..

فالشيء الوحيد الذي كان يفصلهما هو المسافة، وقد قرر بأن يقلص المسافة بل أن يلغيها بالكامل.

لقد قرر بعد تلك السنين أن يزور حبيبته، بل وقرر أن يفاجئها بالخاتم، وبتقدمه بطلبه لخطبتها لكي يتزوجها.

ولكنه قرر أن يرسل لها رسالة قبل أن يفاجئها بوقوفه على عتبة بابها، فكتب لها ما يلي:

حبيبتي كارا..

لقد كنت أفكر مليا في الفترة الأخيرة في موضوع وأريد أن أصارحك به..

لقد صارحتك سابقا بحبي لك

وأنا أؤمن بأننا قد خلقنا لبعضنا..

يجب أن نجتمع..

اعتقد بأنني سوف أقوم بزيارة..

فلا تتفاجئي في أي يوم في المستقبل القريب إن وجدتني على عتبة بابك يا حبيبتي..

أنا متشوق لفعل ذلك..

وقد اتخذت قراري..

يجب أن نجتمع وأن لا تفصلنا مسافة..

سوف نقلص تلك المسافة..

وأنا لست أطالبك بأن تتركي كل حياتك، وبيتك،
ومدينتك،

بل أنا قررت أن أتخلى عن كل شيء لكي نجتمع
سويا..

حبيبتي لا أريد آن نبتعد عن بعضنا أكثر

أعتقد أنه قد حان الوقت

حبيبك أدريان

كان بإمكان كلاريسا أن تتخيل تفكير أدريان،
وأيضا كارا من خلال كلماتهما المكتوبة على رسائل
كلا منهما..

وقد كان لديها خيال يستطيع أن يرسم لها الكلمات
صورا وعوالم، وقد كان الهدف من شراء بيت الشاطئ
أن تبتعد عن تلك العوالم، ولكنها قد رجعت بالفعل
لعاداتها، وأصبحت تتابع القصة وكأنها تراها بعينيها.

لم تكن تتخيل نفسها البطلة في كل تلك الروايات التي
كانت تقرأها، ولكنها كانت تدخل في عوالمها، وتنتقل

من عالم الواقع إلى عالم آخر تعيش فيه لفترات طويلة،
وتتأثر بل تلك المشاعر التي تحملها الأوراق..

ولكن المشاعر السلبية كانت تتجمع وتتكدس فوق
بعضها البعض، حتى أدت إلى مشكلة عويصة فقد
أصبح داخل كلاريسا سيئا، أسود اللون ومظلما،
وارتدت عليها كل تلك المشاعر وقامت بإيذائها وسببت
لها مشاكل نفسية.

سيدة الرسائل

قرر أدريان أن يسافر فجهّز حقيبته، وقطع تذكرة إلى أمريكا، وبالضبط إلى المدينة التي تقطن فيها حبيبته، وأخذ جواز سفره وتذكرته وحقيبته، وانطلق إلى المطار.

لقد كان متفائلا ومتشوقا وسعيدا، وخائفا بعض الشيء،

وبعد رحلة طويلة، وصلت الطائرة..

ولكن مازالت هناك مسافة بالحافلة..

سافر بمختلف وسائل النقل حتى وصل إلى العنوان الذي هو متوجه إليه.

ولكنه تفاجأ بأن البيت مهجور ولا يسكنه أحد..

لقد كان بيتا قديما وعلى ما يبدو لم يقطنه أحد منذ سنوات عديدة جدا..

بحث عن شخص.. لكي يسأل..

بحث كثيرا، ولكن البيت كان معزولا بعض الشيء..

وبعد بحث مضني، وجد رجلا عجوزا، وقد كان هو المسئول عن المنارة التي كانت هناك في تلك المنطقة.

سأله عن صاحبة البيت، وقال له:

سيدي.. أرجوك.. أريد أن أطرح عليك سؤالا، وأتمنى أن أجد لديك الجواب..

السيد العجوز:

وما هو؟

أدريان:

لقد أتيت لكي أجد حبيبتي، وهي تسكن في هذا العنوان

السيد العجوز:

أنت مخطئ، لا أحد يعيش في هذا العنوان..

أدريان:

أنت تعرفه إذن؟

السيد العجوز:

أجل.. أعرفه ومن لا يعرفه؟

أدريان:

لما تقول، ومن لا يعرفه؟

هل هو بيت مشهور؟، ما رأيته أنا بأم عيني إنه بيت مهجور ولا أعتقد أن هذا يجعل الجميع يعرفونه..

السيد العجوز:

أجل مهجور ومشهور في نفس الوقت، أنا أعلم أنه مهجور، ولكن أنت لا تعلم بأنه بيت مشهور..

أدريان:

ولما عساه يكون مشهورا؟

السيد العجوز:

مشهور.. لأنه مهجور..

أدريان:

أيعقل ذلك؟

السيد العجوز:

أجل يعقل وهذا صحيح..

أدريان:

ولما البيت مهجور، المعلومة التي لديّ، هي أنه بيت حبيبتي التي أنا أحبها منذ أكثر من سنتين، وأنا أراسلها وهي تراسلني، ودائما تكتب هذا العنوان، وعلى كل رسائلها..

السيد العجوز:

ولكن.. لقد أخبرتك بأنه لم يكن يعيش هناك أحد، منذ سنوات طويلة، ولا يمكن أنها كانت تعيش هناك، ولكن..

أدريان:

ولكن؟

هل لديك المزيد لكي تقوله؟، لدي شعور بأن هناك المزيد

السيد العجوز:

أجل.. بالطبع هناك المزيد..

أدريان:

أخبرني ماذا إذن؟

السيد العجوز:

ربما حبيبتك معجبة بقصة ذلك المكان..

أدريان:

وهل للمكان حكاية؟

السيد العجوز:

نعم.. له حكاية غريبة جدا، ولكن الجميع يؤمن بكونها حقيقية

أدريان:

وما هي حكايته؟

هل يمكنك أن تقصها عليّ رجاء؟

السيد العجوز:

سوف أقصها عليك ولكن أظن أنك سوف تستغرب ما
حدث معك، وخاصة لأنك قد قطعت مسافة طويلة لكي
تصل إلى هنا وتجد بأنه لا وجود لحبيبتك فهي إما فتاة
خيالية، وقد خدعتك أو ربما هي شبح..

أدريان:

شبح؟

هل تقول شبح؟

ولما عساك تقول هذا؟

السيد العجوز:

عندما أقص عليك القصة، سوف تفهم..

أدريان:

أنا أستمع.. قصها علي رجاء..

السيد العجوز:

اسمع منذ سنوات عديدة، كانت هناك امرأة تعيش في ذلك البيت ولوحدها، لم يكن يعيش معها أحد في ذلك البيت

أدريان:

وما الغريب في ذلك؟

السيد العجوز:

لقد قضت كل حياتها في ذلك البيت وبمفردها، وكانت تشاهد الغروب دائما، وتجلس على الشاطئ لساعات..

وقد كانت ترمي الكثير من القارورات في البحر..

يقولون.. بأنها كانت تكتب رسائل إلى حبيبها، وترميها في البحر لكي تصل إليه..

ولم يكن المد يعيد القارورات، بل كانت تسافر عبر القارات

هذا ما كانوا يقولونه عنها..

أدريان:

وأين هي تلك السيدة؟ إنها تشبه حبيبتي..

السيد العجوز:

لقد كانت تعيش في ذلك البيت منذ أكثر من مئة سنة..

أدريان:

مئة سنة؟

السيد العجوز:

أجل مئة سنة، وكانوا يلقبونها بلقب سيدة الرسائل..

أدريان:

هل هذا صحيح؟

السيد العجوز:

أجل صحيح..

أدريان:

قصة غريبة جدا، وسيدة غريبة وتشبه حبيبتي كارا كثيرا

السيد العجوز:

هل اسم حبيبتك كارا؟

أدريان:

نعم.. اسمها كارا.

السيد العجوز:

غريب..

أدريان:

ما هو الغريب؟

السيد العجوز:

سيدة الرسائل كان اسمها كارا أيضا..

أدريان:

هل هذا صحيح؟

السيد العجوز:

أجل صحيح..

أدريان:

هل يمكنك أن تخبرني.. أية معلومات عنها..

السيد العجوز:

ماذا تريد أن تعرف عنها؟

ربما أنا اعرف بعض الأمور..

أدريان:

ماذا كان اسم حبيبها الذي كانت ترسل له الرسائل؟

السيد العجوز:

اعتقد أن اسمه كان بن ربما أو اسم يشبهه

أدريان:

هل هو دان؟

السيد العجوز:

أجل دان وكيف عرفت أنت ذلك؟

أدريان:

لا علينا..، ولما افترقا؟

السيد العجوز:

ربما مات، يقولون بأنها هي من تخلت عنه، وبعد
سنوات عرفت بأنه مات..

أعتقد بأن القصة كانت هكذا..

أدريان:

غريب جدا..

السيد العجوز:

أجل لقد قلت لك بأنها قصة غريبة، وبعدها لم يسكن

أي احد ذلك البيت، الذي أطلق عليه بيت سيدة الرسائل..

أدريان:

ألم تحب أحدا بعده؟

السيد العجوز:

ربما أحبت، ولكنها لم تتزوج لأنها قد عاشت كل حياتها بمفردها..

لقد عاشت كل حياتها تراسل حبيبها، ولم تلتق به.

أدريان:

حبيبها؟

السيد العجوز:

أجل، يقولون بأنها أحبت رجلا خياليا..

أدريان:

ماذا تقصد؟

السيد العجوز:

إنه رجل كانت تراسله، ولكن لم يأتي لزيارتها يوما، ولم تغادر هي البيت يوما، ولكنها.. رغم كل ذلك كانت تراسله، ولم تتوقف عن إرسال الرسائل له.

أدريان:

عجيب.. وغريب فعلا..

السيد العجوز:

لن تصبح هذه القصة مثيرة مثلما كانت في السابق، بعد بعض الوقت..

أدريان:

لِمَ؟

السيد العجوز:

لأن ذلك البيت الآن هو معروض للبيع، وسوف تنتهي القصة بمجرد أن يشتريه أحد ما، وسوف ينسى الناس تلك القصة بمرور الزمن.

أدريان:

هل هو للبيع فعلاً؟

السيد العجوز:

أجل..

عندما علم أدريان بان ذلك البيت المهجور هو للبيع، قرر أن يقوم بشرائه، وقد كان لديه مال يكفي.

سأل عن المكان الذي هو المسئول عن بيع البيت، الذي كانت تتكفل به البلدية، وقد اشتراه بالفعل وأصبح ملكا له

فرغم كل شيء لم يكن يريد أن تنتهي تلك القصة، وتدفن وأن يباع البيت، وفي تلك الحالة لن يعرف الحقيقة..

بعد أن اشترى البيت وأصبح ملكه انتقل من الفندق إليه وقام ببعض التنظيف والترميم، لكي يصبح البيت لائقا بالسكن.

لقد كان أدريان مصرا على شراء ذلك البيت، رغم أنه لم يستطع أن يستوعب، ولا أن يفهم حقيقة ما يحدث معه.

ولكنه وبعد أن قضى بعض الوقت في ذلك البيت، وجد بأن هناك غرفة تعتبر مثل المخزن، والتي بها أشياء قديمة ورثّة وخردوات وهي في القبو.

بحث فيها كثيرا، لعله يجد شيئا مهما..

كما أنه كان يعتقد بأنه ربما كلام عجوز المنارة قد يكون صحيحا، هناك احتمالان لكي يجد حبيبته..

أولهما أن يبحث في المدينة أو المساكن القريبة، لعله يجد تلك الفتاة التي ربما هي مغرمة بقصة سيدة الرسائل، وهي تقلدها عن حب وليس عن جنون.

وربما الاحتمال الثاني، ربما حبيبته هي مجرد شبح..

شبح سيدة الرسائل..

وهكذا دخل أدريان في رحلة بحث طويلة، وهو مصر جدا على أن يجد حبيبته، التي هو متعلق بها وقد جاء لكي يتزوجها، رغم أن الأمر قد أصبح غريبا، وليست النتائج مؤكدة بأنها سوف تكون لصالحه، فهو إما يجد حبيبته أو ضاع الأمل في العثور عليها إلى الأبد.

لقد كان الأمر غريبا ومريبا ومخيفا.

السر الخفي

لقد كان أمامه بحث كثير لكي يكتشف الحقيقة،
وفي كلا الطريقين يوجد الكثير من البحث فإن بحث
عن الفتاة أين سيبحث؟ والمدينة كبيرة، ولكن البيوت
متباعدة وخاصة تلك التي على الشاطئ.

وأين سيبحث؟ فكر في المطعم القريب والمقهى وأيضا
البار لكي يبحث عنها، وبعد أن زار كل تلك الأماكن،
لم يتمكن من العثور على أي شيء.

لقد كان يراقب أية سيدة تجلس وحدها، تقرأ كتابا أو تكتب شيئا أو فقط تحتسي كوب شاي، فربما تكون هي حبيبته حتى، وإن اختلف شكلها لأنه لم يعد يصدق بأنها ربما هي صاحبة الصور التي كانت ترسلها له.

وبحث أيضا على الشاطئ، لقد راودته فكرة جيّدة وهي أن يراقب الشاطئ والذي كان كبيرا، ولكن ما قد يستطيع رصده بالقرب من بيته الجديد، لكي يعثر على أيّة فتاة أو سيدة تشهد الغروب أو لديها عادة لفعل ذلك.

لقد شكّ في إحدى المرات في امرأة تعيش في بيت، ليس بالبعيد عن بيته أو ما كان بيت سيدة الرسائل.

لقد لاحظ بان تلك السيدة تحب الغروب، وفي اليوم الثاني وبينما هي تشاهد السماء، أراد أن يقترب منها وبينما هو يتوجه خطوات متثاقلة حتى تفاجأ برجل يخرج من البيت وراءها، ويحضنها ويقبلها.

هنا علم أدريان بأنّه مخطئ وبأن لتلك السيدة رجل وحياة وليست هي حبيبته.

لقد مرت عدة أيام..، وهو يراقب الشاطئ والغروب فرأى سيدة عجوز وفتاة شابة تتمشى على رمال الشاطئ غروبا أيضا، وغيرهم سيدة مع طفلها البالغ عشرة سنوات وغيرها.

اقترب أدريان من أن يفقد الأمل ولم يعد متشوّقا ولا سعيدا ولا حتى مقبلا على الحياة.

لقد أصيب بالتعب والإرهاق والخمول فأصبح يلقي بجسده على السرير كأنها جثة ميت..

وكانت الأفكار تحزنه وتعذبه، فهو يشعر بأنه قد فقد حب حياته، وليس همه الأسباب بل حزنه الشديد على انه قد فقد حبيبته.

وعندما اقترب أدريان من الاستسلام، وقد فكر في العودة إلى بلاده وان يترك هذا الأمر وراءه.

لقد قضى شهرا بالكامل هنا، بضعة أيام في الفندق، وبقية الأيام في بيته الذي اشتراه من أجل قصة حبه، ولم تكن لديه أية نيّة في شراء بيت في بلاد بعيدة عنه.

قبل أن يحزم حقائبه عاد إلى تلك الغرفة التي بها الأغراض، والتي كان غير متأكد من أنها يمكن أن يتم ترتيبها

لقد كانت مليئة بالأغراض والخردوات المتراكمة فوق بعضها البعض، والمركونة في كل مكان، والتي تكاد لا تترك مجالا للدخول.

فكر سابقا في أن يقوم بترتيب المكان وأن يبحث عن أمر مهم قد يكون هناك، ولكنه شعر ببعض العجز، وانشغل بمطاردة الفتيات والسيدات في كل مكان، وخاصة اللواتي يشك في أنه يوجد رابط بينها وبين حبيبته.

وهكذا غير خطته من تجهيز حقيبته والسفر إلى أن يقوم بترتيب تلك الغرفة، وقد كان مصرا على فعل ذلك إصرارا شديدا.

بدأ أدريان بالترتيب، فوجد الكثير من الأغراض التي لا لزوم لها مثل طاولات وكراسي مكسورة، فقرر أن يأخذها إلى الأعلى وأن يتخلص منها.

وبعد أن أصبح هناك بعض المجال في الغرفة، تمكن أدريان من الدخول ووجد الكثير من الصناديق والتي تبدوا قديمة.

لقد كانت الأغراض قديمة جدا، وقد أخبروه في البلدية بان البيت لم يكن مأهولا منذ أكثر من مئة سنة..

ففكر أدريان بأنّه ربما يكون هناك شيء مهم، ينتمي لصاحبة البيت الأصلية..

سيدة الرسائل.

وجد في الصناديق بعض التحف والأثريات، وأشياء تعبر عن البحر والشاطئ

فكان كلما وجد غرضا تذكر رسائل حبيبته، التي كانت أحيانا تقص عليه بعض الأحداث التي تصادفها، والأمور الجميلة التي تقوم بها أو حتى بعض الأغراض التي كانت تشتريها

كما أنه وجد بعض المنحوتات، والتي كانت قد قامت بتصويرها من أجله، وأرسلت له صورها بعد أن اشترتها.

لقد بدأ يشعر بأنّ المكان حقيقي، وكل ما فيه حقيقي وأن تلك السيدة، سيدة الرسائل والتي كانت صاحبة ذلك البيت ربما هي حقا حبيبته.

ورغم أن الأمر لم يكن منطقيا، إلا أنه لم يكن يفكر بالمنطق بل كان يبحث عن أية أشياء توصله إلى الطريق الصحيح، ولو كانت أمور غريبة ولا يمكن تصديقها.

لقد عثر على طفل خزفي يحمل مظلة، ويظل بها على حبيبته التي تجلس على كرسي، بينما الطفل واقف..

هذه التحفة الصغيرة الملفوفة في قطعة قماش، والموضوعة داخل صندوق، كانت ترمز إلى شيء ما..

فقد كان أدريان قد تلقى رسالة من حبيبته ذات يوم، وأخبرته بأن بائعا متجولا قد مرّ بجانب بيتها، بينما هي تكتب له رسالة وعندما سمعت صوته خرجت لكي ترى ما الذي يبيعه، فوجدت بأنه يبيع منحوتات خزفية، واختارت تلك التحفة من بين كل التحف لأنها الوحيدة التي كان فيها ثنائي طفل وطفلة، حبيبان

عاشقان صغيران، بينما كانت كل التحف الأخرى إما طفلة لوحدها أو طفل لوحده، أو أحيانا مع حيوان أليف بينما جذبتها هذه، فقامت بشرائها.

قامت بتصويرها وأرفقت صورتها مع الرسالة، وكتبت له في الرسالة ما يلي:

حبيبي أدريان..

لقد اشتقت لك، وقد كنت في الأيام القليلة الماضية
مصابة ببعض الحمى ولم استطع أن أكتب لك

أنا الآن بخير، كيف حالك أنت؟

كنت أفكر، وأنا مريضة، لما نحن بعيدان عن بعضنا

أنا أعم أنه لو كنت أنت هنا، لكنت اعتنيت بي في
مرضي

أنا أعلم ذلك..

لقد كنت أتخيل أنك تحضر لي قنينة الدواء..

وتخيلت أنك أحضرت لي صحنا به ماء، وكنت تحضر لي كمادات باردة لكي تخفف الحمى..

إنها الحمى يا حبيبي، هي ما كانت تجعلني أهلوس وأتخيلك بجانبي..

ليتنا حقا.. بجانب بعضنا..

أنا أعلم بأنّه لو كنت مريضة وأنت هنا لاعتنيت بي

أنا أشعر بك وأشعر بحبك لي

أنت برسائلك هذه تعتني بي

أسمع صوتا.. سوف أرى من هناك، ثم أكمل كتابة الرسالة..

حبيبي.. هل تعلم صوت من كان؟

إنه بائع متجول يبيع تحفا خزفيا، يحمل الكثير من التحف الصغيرة والجميلة..

وقد وقعت في غرام إحداها، فهي تمثلنا نحن الاثنان..

التحفة لطفلين فتاة جالسة بفستان وردي وقبعة جميلة، وطفل يقف بجانبها يحمل مظلة يظلل بها حبيبته الصغيرة.

لقد اشتريت هذه التحفة، وسوف اسمي الشخصيتين أدريان وكارا

لقد كنت أكلمك قبل أن يظهر البائع هنا، بأنك تهتم بي وهذه التحفة تجعلني أفكر فيك..

أحبك أدريان.

حبيبتك كارا

شبح أم حقيقة

لقد راودت أدريان الشكوك حول تلك الأشياء التي وجدها، وقد أصبح يشك في أن المرأة التي كانت تسكن هنا والتي تعود لها هذه الأشياء هي حبيبته، ولكن يبدو أن الأغراض قديمة، ومند وقت طويل وهي هنا.

لأن الأغراض كانت في صناديق قديمة، وعليها الكثير من الغبار، وقد كانت تحت أغراض كثيرة وأثاث قديم.

ولكنه لم يكن متأكدا، كيف يتأكد وما يحدث معه هو أمر في غاية الغرابة، فهل يعقل أن يكون كلام عجوز المنارة صحيحا، وأن حبيبته هي مجرد شبح.

شبح سيدة الرسائل..

ولكن إصراره على البحث عن الحقيقة صار أكبر، وأصر أكثر، وأصبح إصراره على إيجاد حبيبته أعظم.

لقد قرر أن يبحث في كل ركن من تلك الغرفة، التي تعج بالأشياء والأغراض، التي ربما تكون ذات فائدة.

فبدأ البحث وهو يبحث بدقة وينبش كل ركن من ذلك المخزن.

بحث وبحث لو يذق طعم النوم ولا الراحة، بل أصبح يبحث من دون أن يكون قادرا على أخذ دقيقة واحدة للراحة.

بعد أن فقد الأمل في إيجاد أي أمر يكون مهما لتلك الدرجة، غير تلك المنحوتات وبعض الذكريات التي بالفعل كانت تنتمي لسيدة الرسائل، وربما تكون حبيبته تعلم عنها شيئا، لذا ذكرتها له في رسائلها.

فمثلا وجد لوحة فنيّة، كانت قد وصفتها له حبيبته في إحدى الرسائل التي أرسلتها له، وقد تفاجأ برؤيتها لأنها مثلما تصورها بالذات، وهي لوحة لشاطئ وبحر ومنارة تشبه المكان الذي فيه بيت سيدة الرسائل، الذي كان يعتقد بأنها بيت حبيبته الذي كانت

تكتب عنوانه على رسائلها كلها وكانت تتلقى الرسائل فيه، لأنها كانت ترد عليها أولا بأوّل.

وبعد أن نبش كل ركن في المخزن، وأعتقد بأنه قد أكمل البحث فقرر أن يتوجه إلى سريره، لكي ينال قسطا من الراحة، وقد كان في شدة التعب والإرهاق.

أخذ أدريان قسطا من الراحة بعد أن تناول بعض الطعام وخلد إلى النوم، فنام نوما عميقا.

لم يستيقظ أدريان إلا على صوت شيء بدا وكأنه قد سقط على الأرض، فقام مفزوعا وذهب يبحث عن مصدر ذلك الصوت.

أعتقد في البداية بأنّه ريما هناك شخص في البيت، ربما سارق أو أحد قد تسلل إلى بيته، ولكن بعد بعض البحث لم يجد أحدا، وبعد أن بحث في كل البيت قرر أن يبحث في القبو.

دخل أدريان إلى القبو الذي لم يكن مضاء بشكل جيد،
وشعر ببعض الحركة هناك، ولكنه لم يستطع أن يرى
جيّدا فعاد إلى الطابق العلوي، وأحضر كشافا لكي يرى
ما يوجد هناك.

دخل وهو يحمل الكشاف، وراح يبحث هناك كثيرا،
ولكن بعد أن أحضر الكشاف بدت الأمور، وكأنها
طبيعية للغاية.

بحث بين الخردوات ووراء الأثاث الذي كان قد جعله
فوق بعضه البعض..

وبعد بعض البحث اكتشف بأن الصوت بالفعل قد
صدر من هنا، لقد وجد بان بعض الكراسي التي كانت
فوق بعضها البعض قد وقعت، وكشفت وجود شيء
وراءها لم يكن يعلم بوجوده..

لقد كانت خزانة في الجدار، لم ينتب لوجودها..

فتح أدريان الخزانة، ولكنها كانت كبيرة وفيها الكثير..، الكثير من الأغراض.

فتش في تلك الأغراض التي كانت عبارة عن صناديق خشبية وصناديق من كرتون.

وقد أخذها إلى الطابق الأعلى لكي يستطيع أن يرى، و يفتش لتوفر الضوء والرؤية.

لقد عثر على الكثير من الأغراض التي كانت مهمة بالنسبة إليه.

ولكن وبينما هو يفتش وجد صندوقا صغيرا، وقد كان محكم الإغلاق، وبعد أن تمكن من فتحته وجد مفاجأة بداخله.

لقد وجد رسائل سيدة الرسائل فيه، وقد كانت نفس الرسائل التي كان يتبادلها معها، ولكن كانت الأوراق صفراء وقديمة جدا.

كما أنه قد لا حظ بأن آخر رسالة، هي التي أرسلها قبل مجيئه إلى هنا، ولا يوجد بعدها أيّة رسالة بتاريخ آخر.

لم يستطع أدريان أن يفهم الأمر جيدا، ولكنّه على الأغلب اقتنع بأن كلام عجوز المنارة صحيح، وأن الاحتمال الأقرب هو أن حبيبته هي شبح سيدة الرسائل، وليست فتاة ما تقوم بتقليدها.

وبعد أن وجد ما وجده، وشعر بأنه قد وصل إلى نهاية الطريق، قرر أن يعود إلى بلاده، ولكن مع أن يحتفظ بذلك البيت، فهو لم يكن ليقوم ببيعه، لأنه اعتبر ذلك بأنه قد وجد فيه حبيبته، رغم أنه لم يجدها بالفعل.

عاد أدريان إلى بلاده، وأخذ معه تلك التحف، التي كانت تعني له الكثير، وأخذ معه صندوق الرسائل وكل الأمور التي عنت له شيئا ما.

لقد حزم حقائبه وعاد بعد يومين إلى بلاده، وما إن وصل إلى بيته سقط تعبا على السرير، ونام نوما عميقا.

وبعد أن نام وارتاح وقام، وأخذ حماما وتناول بعض الطعام، وشرب كوب شاي، تفقد البريد..

فوجد ثلاث رسائل من حبيبته، يبدو أنها كانت ترسل له كعادتها، وكأن شيئا لم يتغير، رغم أنه هو كان يشعر بأنه قد فقدها إلى الأبد، وأن أمله في إيجادها لم يعد موجودا.

جلس لكي يقرأ الرسائل، ولكي يرى إن كان هناك أي جديد.

الرسالة الأولى:

حبيبي أدريان..

لقد فرحت بالكلام الذي كتبه لي في رسالتك السابقة، لا يمكن أن أصدق أن ذلك قد يحدث..

أتمنى حقا.. لو أننا نجتمع..

أنا أيضا أريد ذلك..

لا أعرف كيف قد تكون ردة فعلي إن وجدتك واقفا ببابي يوما، هل سأتحمل ذلك أم أنني لن أتحمل، ربما المفاجأة سوف تكون كبيرة..

لقد كنت أفكر فيما كتبته لي، إنها لسعادة عارمة أشعر
بها

أنا غارقة في السعادة..

كلماتك أفرحتني..

أحبك أدريان

حبيبتك كارا

الرسالة الثانية:

حبيبي..

لما لم تعد تصلني منك رسائل

لقد مرت عدة أيام، ولكنك لا ترسل لي

هل أنت بخير؟

تأخر رسالتك عن موعدها وبدا الأمر يقلقني

أرجوك أن تطمئن قلبي عليك

أتمنى لك السلامة يا حبيبي وحبيب روحي

حبيبي أدريان أصارحك بشيء..

لقد بدأت تراودني الكثير من الأحلام في الأيام الماضية، وهي تقريبا كلها عنك، ولكن هناك أمر آخر، أمر غريب جدا قد حدث معي..

هل تعلم حبيبي؟

لقد حدث أمر غريب في بيتي

شعرت بأن هناك ربما شخص دخيل، ولكني بحثت لأكثر من مرة ولم أجد أحدا..

حتى أنني قد استدعيت الشرطة ذات ليلة، لأنه كانت هناك بعض الفوضى، والأصوات ولم يجدوا شيئا..

ولكن حدث أمر لم استطع أن أخبر الشرطة به، وهو أنني قد رأيت شبحا، ربما يكون شبح بالفعل، وأيضا سمعت أصواتا ولكنني لم أخبرهم، لأنه لم يكن هناك من قد يصدقني.

في البداية.. ، شعرت بأن الأمر مخيف، ولكن وبعد بضعة أيام لم يعد كذلك، كما أنني أصبحت أراك في أحلامي نائما على سريري، وتجهز القهوة والشاي..

وقد أصبحت تفوح رائحة الشاي كثيرا في بيتي، مع أنني لا اشتري الشاي ولا أحضره أبدا، فأنت تعلم أنني من شاربي القهوة.

وأمور أخرى كثيرة..

حبيبتك كارا

الرسالة الثالثة:

أهلا حبيبي كيف حالك؟

لما أنت لازلت لا ترسل؟

ما الذي يحدث معك؟ أرجو منك أن تطمئني برسالة،
لما أنت غائب عني؟

ما الذي يحدث؟

هل أنت مريض؟

هل أنت مسافر؟

حتى لو كنت مسافرا، كان بإمكانك أن ترسل لي رسالة
يا حبيبي

إني أتساءل كثيرا فما الذي يحدث؟

أنا قلقة جدا..

وبدأ الشك يتسلل إلى قلبي ووجداني..

هل حدث معك أمر خطير، حادث مثلا أو شيئا مثل هذا

هل تعلم حبيبي لقد كنت أفكر في أنه ربما أنا علي زيارتك في بيتك لكي أطمئن عليك

ولكن..

ليس لدي جواز سفر..

والسفن هنا لا تبحر إلا مرة واحدة كل شهر

كما أنني وللأسف لا أمتلك مالا كثيرا لكي أسافر..

ولكن ربما استطيع أن أقوم ببيع غرض ما..

ولكن..

لقد ذكرت بأنه ربما تخطر ببالك فكرة المجيء إلى هنا في زيارة، ماذا لو تخالفنا أنت جئت إلى هنا، وأنا سافرت إليك

كيف عسانا نلتقي؟

أنا في حيرة من أمري..

سوف انتظر منك رسالة، وإن لم ترسل سوف انتظر أخرى وبعد ذلك ربما أتصرف..

لا أعرف ما الذي قد أفعله، ولكن يجب أن أفعل شيئا،

يجب أن أتصرف..

لم أعد أطيق صبرا

حبيبتك كارا

بعد أن قرأ أدريان الرسائل فهم أمرا لم يكن من السهل فهمه، لقد فهم بأن حبيبته لازلت ترسل إليه الرسائل..

كما أن هناك أمرا غريبا كان في رسالتها الثانية، وهو أن ذكرت بأنّه هناك شبح معها في البيت..

يبدو أنها كانت تقصد أدريان، فهو في تلك الفترة هو من كان معها..

يبدو أنها لازالت تعيش في ذلك البيت، ولكن في بعد آخر فكان بإمكانها أن تشعر بوجوده..

لقد كان هذا هو تفسير أدريان لما قرأه في الرسائل،
وأيضا لما استطاع أن يفهمه ويستوعبه..

لقد فهم بأنه قد أحب شبحا، ولكن شبح سيدة الرسائل
موجود ويتفاعل معه في كل مرة بطريقة مباشرة.

لقد كان متعلقا بتلك السيدة بشكل غير معقول، ولم
يستطع أن يسمح لعقله بأن يستوعب أمرا غير الذي
فهمه.

تأقلم أدريان مع هذه الفكرة وأصبح يؤمن بها كثيرا،
ولكنه قرر أن يختبر السيدة في الرسائل، لكي يعرف
أمورا أخرى وتفاصيل أخرى غير الذي يعرفه عنها.

وهكذا قرر أدريان أن يرسل أول رسالة إلى حبيبته، بعد رحلته التي استغرقت تقريبا شهرين، لكي يعرف إن كانت لا تزال موجودة، وأنه بإمكانها أن ترد على رسائله مثلما كانت تفعل في السابق.

لم يكن في الرسالة الكثير لقد كتب لها عن حبه وأشواقه، وأخبرها بأنه كان في سفر، ولم يذكر لها بقية التفاصيل ولا كل تلك الشكوك التي تراوده، ولا الأمور التي اكتشفها.

انتظر أدريان جواب حبيبته بكل شوق ولهفة وترقب،
إلى أن طرَق البريد بيته.. فكانت السعادة عارمة عندما
وجد في البريد رسالة من حبيبته.

بعد أن قرأ الرسالة علم بأن الأمور تسير بشكل
طبيعي، ولكن هذا الأمر لم يكن طبيعيا أبدا، فكيف
ولما يحدث هذا؟

وما معناه؟

لم يكن يفهم، ولكنه كان سعيدا بما يحدث.

حبيبته لازالت موجودة وهي على حالتها، ولم يتغير
فيها شيء وكأن رحلته إلى بلادها، وما اكتشفته ليس
مجرد خيال راوده.

لقد تعلق أدريان بكارا وكان يتمنى لو أنها حقيقية، وأن
ما يحدث معه هو الحقيقي، وليس ما اكتشفه في رحلته.

رسالة أدريان

لكي يتأكد أدريان من كل ما حدث معه، ومن كل تلك المستجدات والأمور التي اكتشفه قرر أن يطرح الكثير من الأسئلة على حبيبته في عدة رسائل يرسلها لها، لكي يتأكد من تلك الشكوك التي كانت تراوده

كتب لها رسالة تمهيدية وكتب لها فيها:

حبيبتي كارا

لقد كنت أفكر قبل عدة أيام في بعض الأمور التي أجهلها عنك..

أخبريني رجاء..

أخبريني مثلا عن عيد ميلادك

ما هو تاريخ عيد ميلادك بالضبط؟

وأخبريني عن بعض التواريخ المهمة في حياتك

متى تخرجت مثلا من مدرسة أو معهد

أي تاريخ ترين بأنه مهم بالنسبة لك، فهو سيكون مهما
بالنسبة لي

وأخبريني أيضا ما أكثر حدث مرّ عليك هذه السنة، ولا
علاقة له بنا، ولا علاقة له بك بل أنت أمر مختلف
تماما.

أخبريني شيئا عن السياسة الاقتصاد أي شيء..

لا تنزعجي من أسئلتي أنا فقط أريد أن أتعرف إليك
أكثر وأريد أن أعرف كلما يهمك

أخبريني مثلا عن مقهى تحبينه أو مطعم، عن شاف

معين تحبين طبقا من يديه..

أخبريني أن مدرسة أو معهد أو مدرسة أو أستاذ

تذكرينه لأمر ما..

أخبريني عن أهم شخصية بالنسبة لك سواء كان من

المشاهير، ولكن أريد شخصا عصريا يعمل حاليا

أريد أن اعرف عنك كل شيء..

أريد أن اعرف كلما تحبينه وكل الأمور التي لا تحبين

رجاء اكتبي لي بسخاء..

أحبك دائما

أدريان

بينما كان أدريان ينتظر المعلومات من حبيبته، قرر أن يبحث في تاريخ بيته، الذي يرجع إلى حبيبها دان، وأراد أن يعرف من هو دان؟ وكيف لها أن تراسله؟

اكتشف بأن حبيبها هو جد الشاب الذي توفي، وترك البيت لزوجته، وهو بالفعل كان اسمه دان، وربما بالفعل كان حبيبها.

بقي عليه أن ينتظر رسائل حبيبته، ليرى ما الذي ستحمله إليه من معلومات قيمة بالنسبة له..

بعد عدة رسائل..، تأكد أدريان بأنه يراسل شبح سيدة الرسائل، إنه يرسل رسائل ترجع إلى الماضي، وهي ترسل له رسائل تسافر إلى مستقبلها..

لقد كان بينهما أكثر من مئة سنة..

لم يعرف أدريان كيف يمكنه أن يخبرها بالأمر، ولكن كان من الواجب عليه أن يخبرها، وأن لا يخفي عنها شيئا.

تردد في البداية..، ولم يكن يعلم كيف السبيل؟ وما الذي يستطيع أن يقوله لها بكل صراحة؟

وفكر في أنها ربما لن تصدق كلامه، ولكن لم يكن أمامه من حل إلا مصارحتها.

رسالة أدريان الثانية

أرسل أدريان لكارا رسالة، وكتب لها:

حبيبتي كارا..

أريد أن أصارحك بشيء

قد تجدينه غريبا أو صعب التصديق، ولكن أنت تحبينني وأنا وأحبك كثيرا، وأنت تثقين بي، لذلك أنا أعلم بأنك سوف تصدقينني..

اسمعي..

هل تذكرين تلك الرحلة؟ حين كنت مسافرا، لقد جئتك حقا جئت إلى بيتك، وقد كنت أحمل معي هذا الخاتم الذي في الرسالة إنه خاتم زواج، لأنني اشتريته لكي أتقدم لخطبتك

كنت أريد أن أفاجئك وأن اطلب يدك، وأن نتزوج، ولكن

أنت تتساءلين.. لما قلت لكن؟

لكن..

لكن.. يا حبيبتي.. حدث معي أمر غريب جدا..

لقد وجدت بيتك الذي على العنوان إنه كان مهجورا،

أجل كان مهجورا، ولم يسكن فيه أحد منذ مئة سنة،

مئة سنة..

هل تصدقين.. مئة سنة..

لقد اكتشفت بأن الفرق بيننا هو مئة سنة، وليست فقط مسافة بحر وقارات ومسافة مكان..

بل هي مسافة زمن، أنت من زمن يا حبيبتي، وأنا من زمن،

أنا من مستقبلك، وأنت من الماضي عندي..

إنها مسألة لا يمكن تصديقها ولكنها حقيقة..

لقد تأكدت من كل تلك الرسائل التي أرسلتها لي، والتي كتبت لي فيها كل تلك المعلومات..

وقد بحثت عن دان حبيبك السابق، لم يكن هو من اشتريت البيت من أرملته، بل حبيبك السابق كان جد جده الأكبر

إنها حقا مسألة معقدة..

ولكن الجيّد فيها..

أنت تراسلينني وأنا أيضا يمكنني فعل ذلك..

فقط لا أعرف إن كان يمكننا أن نلتقي..

لا أعرف ولا أعتقد، ولكن أنا أحبك رغم كل شيء..

حبيبتي لقد أرسلت لك ورقة من جريدة، لكي تتأكدي من التاريخ عندي، وصورة لي أيضا سوف أرسل لك صورا عن بيتك، عندما وجدته مهجورا وسوف تتعجبين..

وسوف أرسل لك بعض الرسائل التي وجدتها هناك او هنا بالأحرى، أقصد في بيتك،لقد وصفت ما كان قد حدث معي بالفعل، ولكني لم أجد ما قد يخبرني ما حدث معك فيما بعد.

الأمر معقد أحيانا..

أريد أن أخبرك أمرا آخر أيضا..

هل تذكرين حين كتبت لي عن شبح أو أحد كان معك في البيت، ويطبخ الشاي كثيرا..

لقد حدث ذلك في رحلتي عندما قدمت لرؤيتك، وعندما

لم أجدك وجدت بيتك معروضا للبيع، فقمت بشرائه،

وقطنت فيه تقريبا لمدة شهر..

لقد رتبته..، وأحدثت بعض الفوضى..

هل تعتقدين بأنني أنا هو ذلك الشبح؟

هل يمكن أنك لازلت هناك وقد شعرت بوجودي؟

أنا أعتقد هذا؟

سوف أخبرك بما أفكر فيك في الرسالة القادمة.

أدريان

رسالة أدريان الثالثة

فكر أدريان كثيرا في حل لمشكلته، وبعد أن أرسل لها بعض الأحداث التي ستحدث وأرسل لها كل تلك الصور عن بيتها، وصوره هو من المستقبل صدقت كارا ما يحدث معها ومع حبيبها، وهذه القصة الغريبة التي يعيشانها..

بعد ذلك أرسل لها رسالة وأخبرها فيها الآتي

حبيبتي كارا..

لقد فكرت مليًا، ولم أجد حلا لحكايتنا، إلا أن نعيش معا،

بما أنني أمتلك بيتك الآن، لقد قررت أن أنتقل للعيش فيه،

وسوف آخذ معي كل الأغراض المهمة، والتي أحبها فقط والتي تذكرني بك.

وسوف أقوم بتأجير بيتي هذا لشخص أمين، ولكنني سوف اشترط عليه أن يعيد إرسال الرسائل التي ترسلينها لي على عنوان آخر..

سوف اشتري صندوق بريد لكي تصلني رسائلك، سوف أجرب..

لأنني أخاف أن يعيدها على نفس العنوان فترجع إليك

سوف أجرب أنا أولا، وإن نجحت الخطة، سوف أعتمدها

وهكذا إذا نجحنا، سوف نعيش معا.

وأجمل ما في الأمر أنك شعرت بوجودي في المرة السابقة،

سوف نعيش معا.

ويمكننا أن ننام في نفس السرير ونتناول الإفطار معا، وأن نتمشى على البحر معا، فتمسكين بيدي وأمسك بيدك.

حبيبتي أنا قد اخترتك وأحببتك، ولا يمكن آن أتخلى عنك، ولو كان من أجل سبب كهذا.

يكفيني حبك، وسوف أعيش به إلى الأبد.

أحبك كثيرا يا كارا

سوف أخبرك ما قد يجري معي.

أدريان

النهاية والحب لا ينتهي

قام أدريان بتجربة تلك الفكرة التي خطرت بباله، ووجد بأنه يتم إعادة إرسال الرسائل إلى العنوان الجديد بشكل جيد، أما التي أعاد إرسالها إلى حبيبته فقد اتجهت إليها بالفعل، ووصلت إليها ولم تصل إلى بيته هو، البيت الذي اشتراه.

حتى أنه أعاد إرسالها إلى البيت ولكن مع اسمه هو، فلم تصل لا إلى البيت ولا إلى حبيبته.

وهكذا قرر أن يرسل الرسائل إلى العنوان الجديد، صندوق البريد الذي اشتراه لأجل هذا الغرض.

وعندما اطمئن ووجد بأن الرسائل تصل، ولكنها تأخذ شهرا بدل خمسة عشر يوم، فهي تستغرق خمسة عشرا يوما من عند حبيبته، وخمسة عشر يوما لكي تصل إلى عنوانه الجديد.

ولكن الأمر كان يجدي نفعا، وهذا ما جعل أدريان يقدم على الخطوة التالية، وهي الرحيل إلى بيت حبيبته.

لقد رحل إلى الأبد، ولن يعود إلى بريطانيا أبدا، فقد قرر أن يعيش حيث حبيبته، قرر أن يعيش معها، قرر أن يقترب منها ولو من حيث المسافة، ولو من حيث الأفكار، ولو من حيث الأمل..

لقد كان ذلك قراره، ولا رجعة فيه.

وهكذا سافر إلى بيته الجديد وأكمل حياته، يتبادل الرسائل مع حبيبته سيدة الرسائل.

وقد كانا يتشاركان البيت فعلا، فكانا يحكيان تفاصيل يومهما ويعيشان كأنهما بالفعل معا، ولكن كل في بُعد.

كانا يتمشيان على الشاطئ، ويراقبان الغروب معا،
ويكتبان الرسائل إلى بعض على نفس المكتب،
ويتناولان الطعام على نفس الطاولة، ويعيشان تفاصيل
أيامهم في نفس المكان، ولكن في زمنين مختلفين.

كانت قصة حبهما فريدة وصادقة، وكل منهما يعشق
الآخر وكل منهما يتمنى لقاء الآخر، ولكن لم يكن
هناك سبيل للقاء، حتى توقفت الرسائل بموت كارا فقد
توفيت هي الأولى، أما أدريان فقد عاش عدة سنوات
بعدها، وقد علم بأنها قد ماتت لأنه طلب منها أن تخبره
بكل ما يحدث معها، فقد كانت مريضة، وأخبرته بأنها
تشكّ في أن الحياة لازالت أمامها

وأخبرته بأن يبحث عن نعيها في الجرائد، لأنها سوف
تطلب أن يكتبوه وراءها لكي يعلم بوفاتها، فلا توجد
وسيلة أخرى لكي تخبره بذلك.

وعندما وصلته تلك الرسالة المؤلمة بحث في الجرائد لمدة شهر من تاريخ آخر رسالة، لكي يجد بالفعل نعيا باسمها، فعلم بموت حبيبته.

وقد أرشدته للمكان الذي ستطلب منهم أن يدفنوها فيه، وعندما أخبرته ذهب إلى المقبرة لأول مرة، وهو يحمل معه الأزهار التي كانت تحبها، فوجد قبرها بالفعل، وكان ذلك اللقاء الأقرب بينهما ولأوّل مرّة.

قرر أدريان أن يتم دفنه بالقرب من حبيبته.

عاش سنوات عديدة..، وبعد وفاته، تمّ دفنه بالقرب منها فعلا.

كتاب سيدة الرسائل

لقد تأثرت كلاريسا كثيرا بتلك القصة، ولم تصدق أنه يوجد في الحياة أمور كهذه أمور خيالية، ولكن لا يتكلم عنها الناس،

خيالية ولكنها سريّة، أمور تحدث بالفعل .

استشارت كلاريسا أختها ليبي بعد أن أخبرتها بكل التفاصيل، بأن تساعدها في أن تكتب قصة حبهما في كتاب كرواية، وأن تذكر أسماءهم، ولكن لن تذكر بأن القصة حقيقية، لأنها لا تمت للواقع بصلة، فلن يصدقها

الناس، وسوف يعتبرون كلاريسا تعاني من أمر ما،
وهي بالفعل كان لديها خلط بين الواقع والخيال..

أرادت ليبي أن تساعد أختها فمدت لها يد العون، وكتبتا
الحكاية في رواية جميلة، أطلقت عليها كلاريسا عنوان
"سيدة الرسائل".

Sommaire